Paul Bunyan

Un relato fantástico

Escrito por Jo Weaver

Ilustrado por Loretta Krupinski

Lee Aucoin, *Directora creativa*
Jamey Acosta, *Editora principal*
Heidi Fiedler, *Editora*
Producido y diseñado por
Denise Ryan & Associates
Ilustraciones © Loretta Krupinski
Traducido por Santiago Ochoa
Rachelle Cracchiolo, *Editora comercial*

Teacher Created Materials
5301 Oceanus Drive
Huntington Beach, CA 92649-1030
http://www.tcmpub.com
ISBN: 978-1-4807-4001-3

Printed by: 590835
Printed in: China

Paul Bunyan nació en Maine hace mucho tiempo. Era un bebé ENORME.

El bebé Paul lloraba muy fuerte. Hacía saltar a todas las criaturas del río.

Cuando se hizo hombre, Paul era más alto que una casa. Cada uno de sus pasos abarcaba cien yardas.

Podía cortar cientos de árboles con su poderosa hacha.

La gente necesitaba madera para construcciones y barcos, así que Paul se hizo leñador.

Paul y Babe, su buey azul, recorrieron el país. Paul talaba bosques y cuidaba a Babe.

Por fin, los agricultores pudieron sembrar maíz y trigo.

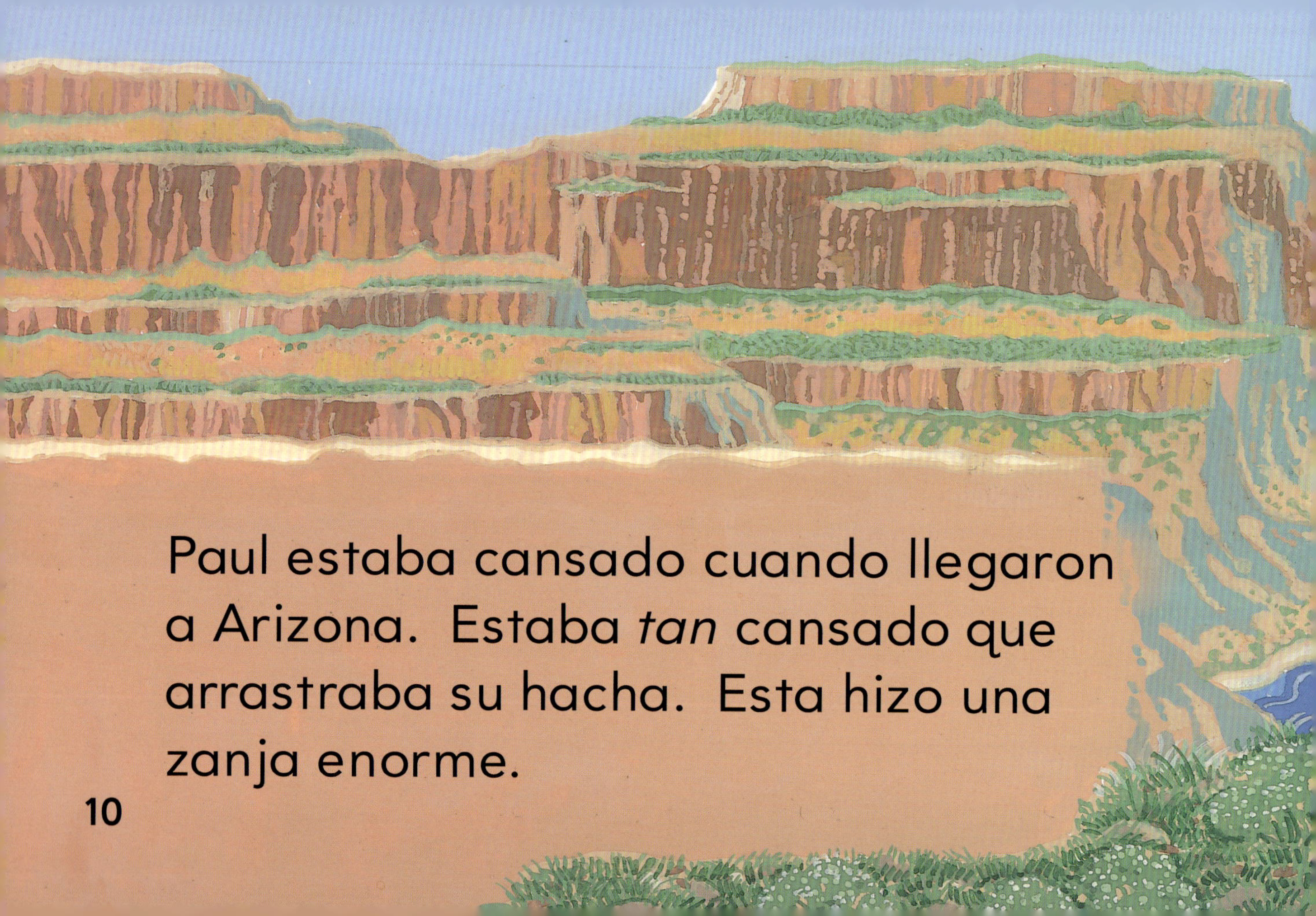

Paul estaba cansado cuando llegaron a Arizona. Estaba *tan* cansado que arrastraba su hacha. Esta hizo una zanja enorme.

Luego, Paul y Babe fueron a Minnesota. Necesitaba ayuda para hacer su trabajo, y puso letreros para buscar leñadores.

Pronto, mil hombres fueron a ayudarlo.

Tenían mucha sed después de trabajar, así que Paul cavó unos lagos profundos.

Después de eso, sintió mucha hambre. Se necesitaron veinte cocineros para preparar suficientes panqueques para que desayunara.

Paul y sus hombres trabajaban en el mejor campamento maderero de Minnesota.

Un día, un hombre fue al campamento con una sierra de vapor.

—Mi sierra de vapor puede cortar árboles más rápido que tú —dijo él.

—¡Ja! —respondió Paul—. Eso no es posible.

Sin embargo, Paul vio que estaba equivocado. Y Babe también.

Lo había derrotado una sierra de vapor. Paul se sintió tan triste que se marchó de Minnesota con Babe.

Algunas personas creen que Paul y Babe todavía viven ocultos en las montañas cubiertas de nieve.